주경야Dog

주경야Dog

초판 1쇄 인쇄 2019년 5월 2일
초판 1쇄 발행 2019년 5월 10일

지은이 윤예나
책임편집 조혜정
디자인 그별
펴낸이 남기성

펴낸곳 주식회사 자화상
인쇄,제작 데이타링크
출판사등록 신고번호 제 2016-000312호
주소 서울특별시 마포구 월드컵북로 400, 2층 201호
대표전화 (070) 7555-9653
이메일 sung0278@naver.com

ISBN 979-11-89413-74-3 02810

ⓒ윤예나, 2019

이 도서의 국립중앙도서관 출판예정도서목록(CIP)은 서지정보유통지원시스템 홈페이지
(http://seoji.nl.go.kr)와 국가자료공동목록시스템(http://www.nl.go.kr/kolisnet)에서
이용하실 수 있습니다.(CIP제어번호: CIP2019016575)

주경야Dog

글·그림 윤예나

🐾 세상 가장 따뜻한 위로 🐾

콩

프롤로그

처음 만났을 땐 꼭 안아주기도 무서울 만큼 자그마한 털뭉치.
불면 날아갈까 쥐면 부서질까 쓰다듬을 때마다 벌벌 떨곤 했는데.

우리 돼지, 너 언제 이렇게 쑤욱 자랐지?
힘들 때 의지해도 될 만큼 듬직하게 말이야.

Part 2 알고 보면 말이죠

Part 3 원래부터 그랬던 건 아니고요

Part 4 As we grow older together

Part

1

개불출직장인

🐾 온종일 나만 기다렸을 너에게 🐾

발소리가 나지 않게 살금살금, 걸음을 옮겨 현관문 앞에 바짝 붙어선다. 고개를 돌려 한쪽 귀를 살며시 현관문에 바짝 붙여본다.

자, 시작해볼까.

도어락 화면에 손을 댄다. 까맣던 도어락 화면에 하얗게 빛나는 숫자들이 나타난다. 손가락을 살며시 얹고 비밀번호를 누른다. 가만히 귀를 기울인다.

우다다다다다다다다 발소리와 함께 시작된다. 시끄럽고, 요란하고, 방정맞고, 혼자 온갖 걸 다 하느라 바쁜 네 환영 인사.

현관문을 열고 집 안으로 들어서는, 참으로 당연하고 평범한 일상의 순간. 하지만 네가 온 뒤, 어느새 하루종일 이 순간을 기다리는 날 발견하곤 해.
아주 특별한 우리의 인사 시간.

#01 너는 칼퇴를 부르고

대문을 열기 전

숨 죽인 채 가만히 귀를 기울인다.

점점 가까이 다가오는 너의 발소리.

#02 혀 짧은 소리는 해피 한정으로

해피가 내 앞에서 배를 보이며 애교를 피우면

응?

배 쓰담쓰담!
빨리이!

내 목소리도 광대도
자동으로 up up

오구오구
우디애기

누구 닮아서
이르케 이뿌요?

그 눈빛은 좀
부담스럽구먼.

하지만 그 목소리와 그 광대는

오구오구 우리 애기
평소에도 이렇게 말해요?

아니.

해피 앞이 아니면 절대 안 나온다.

오구오구
햅삐? 누구 닮아서 이뽀요?

사람한테도
그런 표정 좀 해봐라...

#03 맨날 보는데

자기 전까지 바라보고

해피, 좋은 꿈꿔!

같은 이불 덮고서 신나게 잤는데

그래도 아침에 눈을 뜨면

오랜만에 만난 것처럼 또 그렇게 반가운가 보다.

잘 잤어?
헤헤, 보고 싶었어?

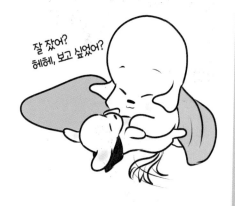

#04 널 먹여 살리려고 일한다

바쁘면 바쁠수록

컴퓨터님은 말을 참 안 들으심.

No

폭발할 힘도 없을 때···

널 보며 다시 시작할 수 있어 다행이야.

오구오구,
얼른 끝내고 갈게!

#05 재택근무 방해꾼

잔업을 집에서 해야 할 때

집중하기가…

물끄럼…

❀ 재택근무 방해꾼 ❀

일과 삶의 균형을 잘 잡는 사람이라면 이럴 리 없겠지….

안타깝게도, 나는 그 경지에 이르지 못했다. 집까지 회사 일의 긴 꼬리
를 질질 끌고 들어오는 일이 종종 있다. 그럴 때면 살짝 상상을 더해
본다. 내 일터에 해피와 함께 출근한 셈 치지 뭐.

노트북을 열고 키보드를 두드리기 시작하면, 방해꾼이 슬금슬금 다가
온다. 애써 눈을 피해 보지만, 소용 없다. 얼굴을 먼저 들이밀어 노트
북 화면과 나 사이를 갈라놓는다. 그리고 그 틈을 몸으로 비집고 들어
와 내 무릎을 차지한다. 따뜻하고 몽실몽실한 것이 한숨을 포옥 쉬며
내 무릎 위에 앉아 잠을 청하는 모습을 멍하니 바라본다. 노트북 화
면을 애써 바라보지만, 이내 포기한다. 내일 아침에 하지 뭐.

이럴 때마다 새삼 깨닫는다. 내가 만약 해피랑 함께 출근할 수 있는 직장에 다녔다면 정말 큰일 났겠다. 일은 해피가 없는 곳에서 해야지.

#06 귀가 요정

하루를 겨우겨우 살아내고
짐 꾸릴 힘도 없을 때

문득 떠오르는 네 얼굴.

이럴 때가 아니군!

널 보러 가는 길엔 언제나 전력 질주.

쪼매만 기다려!
누나가 간다!!

#07 재택근무 방해꾼2

문학소녀는 아니지만
책을 즐겨읽는 편이었는데…

저기요?

정말로 집에서 책 읽는 거 좋아하는데…

보여, 보이는데 잠깐만…

저기요?
나 안 보이세요?

그가 등장하면 책은 자리를 빼앗기고…

그는 내게 잠을 옮긴다…

#08 지각 유발자

찬바람이 불면 꺼내야만 하는 물건이 있지.

여기에 해피가 합세하면
등도 따뜻, 맘도 따뜻

그렇게 꿀잠을 즐기는 밤은 참으로 짧아서

깨어난 순간, 감각으로 지각임을 확신…

어쩐지 꿈이 길더라…

전기장판에 강아지 조합이 이렇게 위험합니다.

#09 지각 유발자2

세상 행복하게 단잠 자는 중이라도

누가 나가는 기척은 귀신같이 알아채고,

엇, 이건 누난데?!

우다다다다다다다 달려와선

배 내밀며 눈 마주치기 필살기를 시전.

#10 견주 분리불안

출장 떠나며 해피에게
나 너무 기다리지 말라고 당부했는데,

누나 오래 다녀오니까
너무 기다리진 말고…알았지?

쿨하지 못한 개불출은
해피 소식이 궁금하다.

해피 잘 있나?

응, 잘 있어.

정말?

응, 조금 기다리다
바로 포기하고 자네.

• • •

···그리고 깨달은 사실.

그렇게 집(=해피)을 그리며
힘겹게 출장을 버텨내곤 합니다.

🐾 분리불안 🐾

여행이든, 출장이든 해피와 며칠 떨어져 지내야 하는 일이 생기면 어쩐지 마음 한 구석이 무겁다.

해가 지면 현관문 쪽을 바라보며 가족들이 돌아오길 기다리는 해피의 뒷모습이 생각나서. 여행용 트렁크를 펼치고 짐을 차곡차곡 넣는 내 주변을 끙끙대며 맴돌던 모습이 생각나서. 안쓰러워서?

아니… 그런 품위 있는 걱정을 하는 게 아니다.

하루 일과를 마무리한 뒤 숙소에 들어설 때, 덩그러니 침대 하나 놓인 방이 너무 조용한 게 싫어서. 어디선가 도도도도도도도 달려오는 발소리, 반갑다고 킁킁 콧김 뿜으며 헥헥거리는 해피 소리가 들려야 할 것 같아서. 그리고 잠이 들 때엔 내 곁에 몸을 착 붙이고 누운 해피 발바닥의 꼬릿꼬릿한 발냄새가 풍겨와야 할 것 같아서.

그런 저런 생각들로 한참 잠을 이루지 못한 채 뒤척이다 문득 깨닫는
다. 내 분리불안이 제일 심각한데?

#11 개불출 에브리웨어

브랜드도 디자인도 설계도 낯선
외국 마트에선 물건 찾기가 더 어렵다.

휴대전화에 저장해둔
사진을 보여주며 도움을 청했는데

내가 찾던 물건 사진 대신,
잠금화면의 해피만 보여준 것이었다.

난생처음 만난 두 개불출은 그렇게 본분을 잊고
서로 개 자랑하고 감탄하기에만 열중했다.

#12 오구오구 내 에너지 충전소

세상에서 내가 제일 바보처럼 느껴질 때도

볼 때마다 전심전력으로 반겨주는 너 덕분에

다 써버린 하루치 용기 다시 충전.

물론 세상에 공짜는 없다.

#13 개불출 사우 대동단결

어쩌다 마주치면 반갑게 인사하지만,

그 이상 대화는 어려웠던 우리 사이...

뜻밖의 견밍아웃 한 번으로

꺄아! 너네 강아지?
나도 강아지 키워!!

헤헷 우리 귀요미야.

귀여워어어!
우리 애도 귀여운데!

곧장 사내 개불출 모임 결성.

단톡방에 내가 모아둔
귀요미 사진 잔뜩 공유할게!!!

댕댕이 자랑할 사람 없어서
많이 서러웠다...ㅜㅜ

정모도 할까?

#14 무장 해제 아이템 ♡

서로 잘 부탁드려야 하는
아주 정중하고 깍듯한 사이

안녕하세요,
잘 부탁드립니다!

저야말로,
앞으로 잘 부탁해요!

미소를 잃지 않기 위해 노력해 보지만
할 말이 다 떨어지는 순간이 오고야 만다.

이제 무슨 말을 하지...

그렇군요, 하하하.

네, 그런 거죠. 호호.

이럴 때 애견인을 만나면
대처하기가 그리 어렵지 않다.

어머, 폰 배경화면
댕댕이 너무 이뻐요!
키우시는 아인가요?

앗, 그죠?
울 집 댕댕이여요.

강아지 이야기 풀기 시작하면
급속도로 무장 해제됨.

휴대전화 앨범 속
강아지 사진 대량 방출

어머어머, 너무 이뻐요!
꺄아, 표정 봐!!

헤헤, 요 사진도 예쁘죠?
이건 아기 때고,
요건 어제 빠진 거ㅋㅋ

45

#15 애엄마? 개엄마?

틈이 날 때마다 아가 자랑을 하는 회사 동료.

이거 볼래?
너무너무 이쁘지?
애가 이제 이렇게
이렇게 이렇게 한다?

신기하게도 아기 행동이 참 해피같아서

어머? 우리 해피도 이렇게
이렇게 이렇게 하는데?

어머어머어머
웬일이니?!

우리 애들 이야기 이것저것 나누다 보면

이건 이렇게 한다?

어머어머, 우리 애도!

조금 이상한 공감대 형성 ….

우리 래피 때문에
내가 애 엄마 된 거 같잖아~

나는 개 엄마 같은 기분인데..?

#16 견당충전_사진 좀 보내줘

야근하다가 지칠 때면

하아...
나는 누구 여긴 어디...

꼭 보충해야 하는 게 있다.

아... 충전이 필요하다...

그러면 바로 엄마한테 S.O.S

그렇게 매일 급속충전 하며 삽니다.

🐾 우리 어딘지, 비슷하지 않아? 🐾

서너 살짜리 아이를 둔 엄마들의 이야기를 가만 듣고 있자면, 나도 모르게 고개가 절로 끄덕여진다.

졸졸 따라오다가, 예쁜 짓 하다가, 슬슬 떼를 쓰다가, 막무가내로 고집을 피워보다가, 삐졌다가, 혼자 있는 건 싫은지 오래 못 버티고 은근슬쩍 결국 다시 다가오는 건, 해피 얘긴데?

덕분에 잘 통하는 건 좋지만, 가끔 실수도 한다. 아가랑 놀아줄 때도 해피랑 놀아주는 기분이 드는 바람에 "손!"해버린다거나.

Part

2

알고 보면 말이죠

❀ 처음 만난 그날 ❀

처음 해피를 만나던 날, 아직도 기억이 생생하다. 내 주먹 크기 정도 되는 흰 털뭉치가 배변 패드 위가 너무 넓다는 듯 이리 뛰고 저리 뛰며 오도방정을 떨더니, 어느새 잠들어 있었다.

그리고 이런 종류의 강아지란 대개 성견이 돼도 여전히 새털처럼 가볍고 자그마한, 바람 불면 날아갈 듯한 아이라고들 했다.

음. 키우기 전까진 몰랐지. 해피의 다리와 허리는 나날이 길어졌다. 상상했던 자그마한 귀족견의 모습과는 점점 영 딴판이긴 한데...

그래도 별 상관은 없다. 팔로 감싸안으면 품에 쏘옥 들어옥, 무릎에 올려두면 무릎담요마냥 다리를 넉넉하게 덮어주는 강아지면 최적의 몸집이지 뭐. 게다가 내 눈에 예쁘니까. 그럼 됐다. 백과사전 설명만 좀 바꿔주고 싶다. 조금 큰 몰티즈도 있음.

#01 소형견

몰티즈는 초소형견이라고들 한다.
백과사전 설명을 보면,
성견의 몸 길이는 26cm 이하, 체중은 2~3kg….

오구오구
요 뽀시래기

쑥쑥 자라는 해피를 보며
금방 다 크겠구나 했더랬다.

6개월 만에
두 배로 길어졌네?

하지만…

해피는 무럭무럭 자라나
백과사전의 정의 따위 가뿐히 뛰어넘었다.

#02 사람 손길

강아지는 사람 손길을 좋아한다.

…고들 하는데,
늘 좋아하는 건 아니다.

다행인 건,

끝까지 외면하진 않는다.

#03 배운 대로 안 해요

강아지에게 손 내미는 법을 가르치면
보통은 금방 자기 앞발을 척 내어준다.

그래서 나도 도전해보았다.
해피도 쉽게 할 수 있을 것 같았으니까.

그러나 나의 착각이었다.

해피는 스스로 깨우치는 개였다.

#04 가져와

좋아하는 인형을 던져 달라며
내 앞에 가져오는 해피.

내 앞에 놓아 둔 인형을 휙 던지면
쏜살같이 달려가

인형을 입에 물고 나를 향해 뛰어오는데,

절대 내 손에 넘겨주진 않는다.

#05 내 사전에 편식은 없다

해피는 자기 밥도

내가 먹는 고기도

오이나 배추나 무우도…

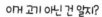

이거 고기 아닌 건 알지?

간절 간절 간절 간절 간절 간절 간절

그리고 약도 아주아주 잘 먹는다.

오구오구,
요거도 맛있어요?
오구구, 착하다~

맛…있는 건가?
음냠냠

🐾 잘 먹는 네가 좋아 🐾

해피는 어릴 때부터 식탐이 남달랐다. 사료 한 그릇은 '호로록' 소리
와 함께 뚝딱 마셔버리곤 했다. 이가 모두 난 뒤로는 새로운 방식으로
사료를 즐기기 시작했다. 사료를 먹을 때면, 첫 알은 꼭 입에 물고서
거실 한가운데로 달려간다. 밥그릇과 멀리 떨어진 곳에 자리를 잡고,
사료 한 알을 정성들여 씹으며 맛본다. 오도독, 오도독, 오도도독.
첫 알을 다 해치운 뒤 다시 밥그릇으로 달려간다. 두 번째 알도 입에
물고서 거실 한가운데로 달려와 다시 반복한다. 오도독, 오도독, 오도
도독.
세 번째로 밥그릇을 입에 대고 보면, 점점 마음이 급해지는 모양이다.
더는 거실까지 달려오지 못하고 오도독, 오도독, 오도도독.

네 번째부터는 그냥 머리를 그릇에 콕 박고선 오도독, 오도독, 오도독,

오도독, 오독, 오독, 오독, 오독, 오독, 오독, 호록, 쓰읍. 그릇을 깨끗하게 비우고 나면, 내게 달려와서 '왕' 짖는다. 리필해달라고. 리필은 세 번을 해줘야 만족하고, 물을 마시러 간다. 잘 먹어줘서 고맙다, 야.

#06 식빵 굽기

보통 식빵 자세라 하면 고양이를 떠올리는데,

강아지도

꽤나 자주

식빵을 굽는 동물입니다.

신기해라…

편하면 됐지, 뭘.

#07 내는 몬 간다

시바견의 '내는 몬 간다' 짤이 참 유명한데

산책을 좋아하는 많은 댕댕이들이

산책 도중 집에 가자고 권하면

해피~
이제 집에 가야지!

일단 멈춤

망부석이 됩니다.

얼굴 살이 없어서(?) 드라마틱해 보이지 않을 뿐…

우뚝

왜 가
안 가
못 가

#08 베개

베개는 사람에게만 필요한 줄 알았는데,

강아지에게도 베개는 필수품인지

여간해선 맨땅에
제 머리를 누이는 법이 없다.

그래서 이런 장면도 이젠 놀랍지 않아…

#09 닮았닭

해피는 털이 찔수록

복실복실 탐스러운
화난 새⋯같은 모습이 된다.

Angry Bird

뜨뜨

그리고 미용하고 온 직후엔

조금 …닭 같다….

특히 분홍분홍한
허벅지 라인이…

#10 나는 다 안다

조용히 어디론가 사라졌던 해피가
갑자기 나타나 당당하게 짖을 땐,
(feat. 콧김)

큰 일을 잘 해냈으니 간식을 내놓으란 뜻.

그러나 해피가 똑같이 사라졌다 나타나
짖어도 어쩐지 느낌이 다를 때가 있다.
(ex. 콧김이 없다)

이럴 땐 대부분 간식을 먹고 싶어서
큰 일을 잘 해낸 척 거짓말 하는 것.

🐾 그렇게 바라보면 🐾

언제였던가, 거짓말은 인간만이 지닌 능력이라고 주장하는 글을 읽은 적이 있다. 하지만, 확실히 말할 수 있다. 강아지도 간식에 눈이 멀면 거짓말을 한다. 아니, 거짓말을 '시도'하긴 한다. 성공률이 낮은 것뿐이다. 네 거친 생각과 불안한 눈빛과, 너의 그 어색한 리액션. 이름 한 번 부르는데 곧장 드러누우니 티가 안 날 수가 없잖아.

뭐, 거짓말 들킨 건 들킨 거고, 인정했으니 준비한 간식은 내놓으란다. 눈빛 공격에 저항할 힘 따위 없는 개불출 누나는 결국 늘 간식을 내어주고 만다.

#11 귀여워서 봐준다

식탐 많은 해피는
간식이 먹고 싶은데 잘한 일이 없으면,

잘한 일을 만들어낸다.

그닥 잘한 일이 아니더라도
끝까지 버텨 잘한 일로 만들어낸다.

그래서 할 수 없이 늘
칭찬으로 키우게 됩니다.

#12 개코의 진실

강아지 하면 역시 '코'라고 생각했다.

예를 들어 인형 냄새를 맡게 한 뒤

머얼리 던지는 척 하면서 내 등 뒤에 숨기면

안 보여서 못 찾는다…

#13 부를 때 안와요

평온하게 자고 있는 해피를 보면

자동으로 해피를 향해 직진하지만

그래봤자…

누나가 함 안아볼까?

모든 건 해피 마음에 달렸다.

휴, 이번에도 안 넘어오네.

#14 잠투정

함께 놀며 시간을 보내다가도

돼지 인형 맛있어?

옹놈놈놈

해피는 뜬금없이 벌떡 일어나

음?
왜, 뭐하게?

잠깐, 내가
이럴 때가 아니로군?

열정적으로 땅 이불 파기를 시작한다.

파파파파파팟
파파파파파팟
파파파파파팟

보람찬 결과를 보기 어려워 안타까운,
야성미 넘치는 실내견의 잠투정 세리머니.

해피, 아까 이불 상태랑
뭐가 달라진 거야...?

달라지긴 했어?

짜

바보는 몰라도 됨.

#15 개삐짐

놀자(=간식) 요청을 물리쳤더니
잔뜩 골이 난 해피.

일부러 발소리 터벅터벅

아무리 불러봐도 등만 보여주더니,

머라카노
내 귀엔 안 들린다

햅피야아아~?
삐쬬또? 웅??

마법의 단어에 흔들리고 말았다.

꼬기?!

팔랑귀

햅피? 꼬기 좋아하지?
꼬기 좋아요? 꼬오기??

그 틈을 탄 집중 공격으로 눈 마주치기에 성공.

나 지금 화난 건데...
정말 화가 나서 누나 보기 싫다고...

역시 해피는 꼬오기 좋아하지?
꼬기 먹을까? 꼬기 먹고 화 풀까?

#16 그냥은 못 가지

외출 준비가 좀 길어질 것 같으면
슬금슬금 다가오는 해피.

준비가 끝날 때까지
내 곁에 찰떡같이 붙어서 떠나지 않는데

오구오구오구 우리 해피,
누나 준비하는 거 보려고?

이럴 때는 같이 가겠다며 떼를 쓰진 않는다.
그러나 순순히 보내지도 않는다

동작 그만.

우뚝

진상품을 바쳐야만 얌전히 보내주심.

껌을 대령했으니
제 정성을 받아주시지요.

네 외출을 허하노라.
일찍 들어와!

🐾 개삐짐 🐾

직접 키워보기 전까진 사실 몰랐더랬다. 강아지란 생명체의 마음이 이렇게 섬세할 줄이야. 그리고 표현 방식이 이렇게 심장 아프게 귀여울 줄이야.

해피는 사실 꽤나 사소한 걸로 잘 삐진다. 놀자는 요구든, 간식 달라는 요구든, 자기 의견이 관철되지 않으면 속이 상하나 보다. 삐진 건 어떻게 아느냐고? 어렵지 않다. 티를 있는 대로 내니까.

우선 걸어가는 발소리가 다르다. 총총총총 달리듯 걷는 평소와 달리, 터벅터벅 발소리를 내며 느릿느릿 걸어간다. 둘째, 얼굴 대신 등을 보여주며 몸을 웅크린다. 그냥 앉는 것도 아니고, 알 품는 암탉처럼 털을 잔뜩 부풀린 채 얼굴은 자기 발에 묻는다. 이럴 땐 아무리 애타게 해피의 이름을 불러도 꿈쩍도 하지 않는다. 다가가서 안아 올리려 하면 으르렁댄다.

그런데, 마지막이 중요하다. 아무리 삐져 있어도, 마법의 단어엔 어김없이 무너진다.

고기, 산책.

두 단어가 들리면 조용히 얼굴 덮고 있던 귀가 움찔. 계속 그 단어가 들리면 양쪽 귀가 함께 움찔, 움찔, 움찔. 해피 귀가그쯤 움찔댄 뒤엔 조용히 기다리며 셋을 센다. 하나, 둘, 셋. 해피가 고개를 슥 돌려 나를 바라본다.

"해피, 삐졌어? 고기 없지롱!"

애써 등 너머로 나를 바라보던 해피가 고개를 다시 홱 돌린다. 또 삐졌다.

Part

3

원래부터 그랬던 건 아니고요

🐾 도도도도도 🐾

해피와 함께 지낸 세월이 벌써 10년이니, 나도 모르는 사이 우린 서로에게 참 많이 길들여졌다. 제일 익숙해져버린 건? 아마 발소리. 매일 듣고 있을 땐 들리는 줄도 모르겠는데, 안 들리면 그 빈자리가 가슴 시릴 만큼 크게 느껴진다.

현관문을 열면 폴짝폴짝, 사부작사부작 온몸으로 반가움을 표현하느라 정신없이 바닥을 딛고 뛰고 구르는 소리. 이 소리가 없어도 마음이 착 가라앉고 말지만, 더 크게 느껴질 땐 따로 있다.

바로 뭔가 먹을 때.

냉장고 문을 열 때도,

간식을 먹을 때도,

과일을 먹을 때도,

밥을 먹을 때도,

우리 집에선 '도도도도도도도도도도도도도도도' 소리가 들려야 한다. "뭔데 너만 먹냐!"고 쫓아오는 해피의 다급한 발소리. 그 소리가 꼭 들려야 진짜 우리 집.

#01 발소리

집에선 무슨 음식이든 몰래 먹을 수가 없다.

과자 봉지를 건드리기만 해도

귤 껍질 까는 소리에도 달려오는 너 때문에

네게 길들여진 나는
뭐 먹을 때 네 발소리 안 들리면 이제 허전해….

99

#02 우리 집 벼슬

가끔 그런 시간이 있다.

엄마가 부탁하는 모든 심부름을
거절하지 못하고 해야 하는 시간.

약점을 잡히거나 한 게 아니고…

미래를 위한 투자랄까.
더 정확하게는 해피가 내 무릎에 앉을 때.

오구구, 해피 왔쩌?
누나 무릎에 왔쩌?

나도 똑같은 서비스를 받기 때문에….

해피 안은 게
무슨 벼슬이다, 벼슬.

그러엄, 벼슬이지.
그러니 커피 주세요~

#03 소중한 네 꿀잠

사람 품에 앵겨 있을 때
가장 편안하게 잠을 자는 해피.

그러나 어쩔 수 없이
해피를 두고 일어서야 할 때가 있다.

화...화장실...

해피의 꿀잠을 방해하지 않기 위해
우리가 늘 수행하는 작전.

해피 꿀잠은 소중하니까.

#04 평화중재자

우리 집 평화전선에 뭔가 이상이 생기면

우리 집 평화 사절의 움직임이 바빠진다.

응? 아냐아냐,
해피한테 화 안 났어~

오구구, 해피?
해피는 이뻐, 괜찮아.

하도 바쁘게 움직여서 우리가 머쓱해질 만큼…

그렇게 집안의 평화를 위해 일하는 분 덕에
오늘도 빠르게 화해합니다.

#05 관심을 달라구!

해피는 가족들이 스마트폰만 보고 있거나

TV 화면에 시선을 고정하는 걸 싫어한다.

으응 해피,
이거만 볼게.

끄응...

그래서 각자 다른 일에 집중하는 건

10분을 넘기기 어려움…

🐾 집중해라! 🐾

집 안에서 해피와 함께 있을 때 감수해야 하는 불편 사항 하나. 다른 곳에 시선 두기가 어렵다. 왜? 해피가 날 가만두지 않으니까. 해피를 바라보는 척하다가 해피 등 뒤의 TV 모니터로 시선을 옮겨보려 하면 어김없이 알아챈다. 내 무릎 위에 올라앉은 해피 앞발에 힘이 꼬옥 들어가는 게 느껴진다. 그 무게도 무시하고 눈길을 주지 않으면 끙끙대다가, 끝내 울거나 짖는다. 그래서 해피와 눈 맞추며 가만가만 쓰다듬어준다. 만족한 해피가 한숨을 폭 쉬며 잠든 뒤에야 나도 다른 곳으로 시선을 돌릴 수 있다.

참 귀찮은데, 가만 보다 보면 어쩐지 마음 한구석으로부터 따뜻한 온기가 올라온다. 네가 더 귀찮지 않아? 매일매일 만나는 사람에게 시선을, 사랑을, 손길을 요구하는 거? 속없이 이렇게 굴다니, 자존심도 없어?

하지만 그래서 참 고맙다. 이렇게까지 내게 사랑을 퍼주는 생명체 앞에선 나 역시 사랑스러운 사람이, 다정한 사람이 될 수밖에 없으니까. 애교 따위 눈꼽만치도 없는 내가 너만 보면 하이톤으로 인사하고, 꼬옥 안아주고, 생각만 해도 입에 미소가 걸리고, 마음 따뜻해지게. 그러니 조금 귀찮아도 너한테 집중할게, 오늘도.

#06 분노의 흔적

외출이 길어질 것 같으면
해피는 대충 눈치를 챈다.

톡톡

톡톡

거, 호박에 줄 그어도
별로 표 안 날텐데...

대신 오랜 시간 혼자 있을 해피에게
선물세트를 선사하고 나가야 한다.

자, 해피!
요기서 간식 찾아 먹고 있어~

우다다다닥

가끔 시간에 쫓겨 선물을
준비해주지 못한 채 나가면

어딘가에 반드시 분노의 흔적을 남긴다...

#07 잘 키운 집사

해피가 이렇게 창문 앞에
우뚝 서서 날 바라보면

냉큼 이리 와서 창문을 열어달라는 신호다.

창문을 열면 신나게 킁킁대며
바깥 공기를 즐기는데,

딱 3초만 즐기고 이불 덮으러 가심…

#08 해피 전용 사진사

사진 찍는 취미는 전혀 없지만
해피와 함께 있을 땐 얘기가 다르다.

화장실 가는 길에 마주쳐도 멈춰서서 찰칵.

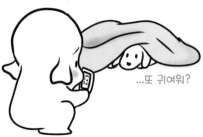

해피도 나도 정신 못 차린 새벽에도
남기고픈 장면은 놓치지 않음.

덕분에 내 핸드폰 사진첩 속엔
온통 해피 사진만 그득그득.

#09 강아지의 콤콤한 체취

누울 땐 혼자 베고 누운 베개.

따뜻한 온기가 은근슬쩍

얼굴 곁으로 올라오고,

새 아침은 베개에서 풍겨오는
꼬순내와 함께 맞이합니다.

#10 원래도 감수성은 풍부한데

감수성 풍부한 우리 모녀는

각종 드라마를 섭렵하며 함께 울던 사이…

해피와 가족이 된 뒤로는

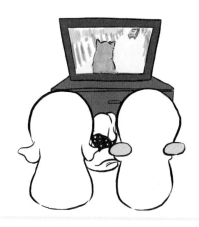

반려견 등장 프로그램 볼 때마다
눈물 대잔치…

으구 불쌍한 것…
맘 아파서 우짜노…

너무 슬프다 ㅠㅠ

🐾 길들여진다는 것 🐾

자고 싶으면 혼자 가서 자도 될 텐데.
꼭 저렇게 울 것 같은 눈을 하고 와서는 끙끙거린다. 자러 가자고.

덕분에 나도 옮았다. 졸려서 침대에 누울 때 해피가 달려와주지 않으
면 섭섭하다. 나 너무 길들여졌잖아.

#11 잠의 요정

어쩐지 일찍 자기 싫은 날,
　　　　　TV 앞에 버티고 있으면

어김없이 그가 나타난다.

내 이름은 해피.
잠의 요정이고,

자야 할 시간에
안 자는 널
데리러 왔지.

그리고, 세상 불쌍한 얼굴로
나를 바라보기 시작.

나 너무너무 졸린데,
자러가지 않을래...?

잠이 오지 않아도,
저 눈빛을 보면 나도 모르게
TV를 끄고 침실로 향하게 됨.

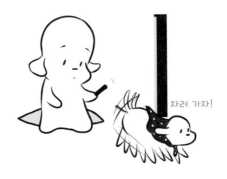

자러 가자!

#12 암요, 먼저 하셔야죠

폭신따뜻함 감지에 능한 해피는
새 이불을 꺼내면

일단 무조건 자기 거라고 주장한다.

그렇게 검증을 마친 이불은
곧장 해피의 새 동굴이 되고,

나는 그 동굴을 끝자락을 살짝 들고
이불에 대한 소유권을 소심하게 주장….

실례하겠습니다.
춥우니까 같이 좀…

크웅…

다행히 해피도 그 정도는 이해해준다.

#13 코담요로 간식 조공

해피는 간식이 자주 고픈 아이니까
오래 갖고 놀며 간식을 찾는 코담요를 샀다.

당연히 해피는 숨은 간식 찾기를
매우매우 즐거워하는데

미처 예상 못한 부작용이 있었으니…

간식 조르기 스케일이 매우 커졌다.

#14 잠이 솔솔

한밤중에 문득, 잠이 깰 때가 있다.

혼자일 땐 아무리 양을 세어봐도
소용이 없었는데

자고 싶다···

해피랑 함께일 땐
갑자기 눈이 떠져도 걱정 없다.

쌔근쌔근 숨소리 듣다보면
나도 모르게 꿀잠에 전염…

#15 너나 나나

내가 좋아하는 걸 공유하고 싶은데

상대가 무관심하면 속상한 것처럼

해피도 소중한 인형을 가져왔는데

바라봐주지 않으면

곧장 짜증 폭발

#16 어딜 감히

무릎 위에 해피 말고 다른 걸 올려두면

지체없이 자리를 되찾으러 출동한다.

그림 그릴 때도 어김없이 해피는 내 무릎에…

야, 손 떨린다구.

그건 네 사정이고.

우리 사이를 갈라놓는 건
가만 둘 수 없다고 한다.

야, 오타 났잖아!

치워,
내 자리야

🐾 혼자 보기 아까운 귀여움 🐾

"엄마, 얘 좀 봐. 진짜 귀엽지? 빨리 봐, 보라구!"
귀여운 강아지 사진이나 영상을 발견하면, 나도 모르게 늘 엄마한테
전송하고 만다. 그리고 두근대며 반응을 기다린다. 빨리, 엄마도 감탄
하라고. 반응이 궁금해서 재촉하면, 엄마는 핀잔을 준다. "꼭 나한테
인정을 받아야 귀여운 거야?"
글쎄, 그런 건 아닌데. 귀여운 건 엄마가 인정하든 하지 않든 귀여운 거
지. 그보다는 '좋은 걸 혼자 보기 아깝다'는 느낌이랄까. 내가 좋아하
는 사람이, 내가 좋아하는 걸 보고 함께 좋아해줬으면 좋겠다는 거.
해피도 비슷한 행동을 자주 한다. 좋아하는 인형을 찾아 입에 물고
와서는, 인형을 입에 문 채로 내 앞에 턱 앉는다. 빨리 빼앗아보라는
뜻이다. 별 관심을 보여주지 않으면 좀 더 가까이로 다가와 앉는다.
그 마음을 잘 알겠기에, 씨익 웃고 해피 눈을 보며 말해줬다.

"난 그 인형 별로 탐 안 나는데?"

"왕! 왕! 왕! 왕! 왕! 왕! 왕!"

앗, 깜빡했다. 해피는 나보다 집요하다는 사실. 재빨리 인형으로 손을 뻗었다.

"야, 이 인형 엄청난데? 너무 좋네? 이거 누나 가져도 돼?"

"크르르르릉, 크르르릉, 크르르르."

그제야 해피는 흡족한 얼굴로 인형을 문 입에 힘을 줬다. 그러더니 내게 인형을 빼앗기지 않겠다며 방 밖으로 도망갔다.

지금은 양보해만 타협이라구.

Part

4

As we grow older together

🐾 나의 어여쁜 흰둥이 🐾

해피를 만나기 전까지는 세상에 그렇게 몰티즈를 기르는 사람이 많은 줄 몰랐었다. 그도 그럴 것이, 내 머릿속의 몰티즈 이미지는 아주 엄격한 기준에 맞춰져 있었으니까. 찰랑대는 직모를 발등까지 늘어뜨리고, 곱게 기른 털이 얼굴을 가리지 않도록 잘 빗어 넘겨 머리핀으로 고정. 그리고 자그마한 얼굴에는 까맣게 빛나는 눈 둘, 코 하나가 콩 콩 콩 박혀 있는, 우아한 귀족견.

그런데 해피의 털은 복실복실 보드라울 뿐, 윤기 있게 빛을 반사하며 찰랑대지 않았다. 너무 길이가 짧아서 그런 건가. 인내심 강한 우리 가족은 좀 더 기다려보기로 했다. 당시 우리가 나눈 대화를 떠올려 보면 지금도 헛웃음이 나온다.

"아직 털이 너무 짧고 얇아서 붕붕 뜨는 걸 거야."

"그렇지? 털 길이가 자라면 쭉쭉 직모로 뻗어 내려올 거 같지 않아?"

"응, 사람으로 말하면 머리카락이 허리 근처까지 내려올 만큼 길러야 되는 거겠지. 당연히 오래 걸릴 거야."

그래, 사람은 역시 공부를 해야 한다. 모르면 누군가에게 묻든, 책을 읽든 열심히 공부해서 알아야지, 아니면 이렇게 바보짓을 오래오래 하고 만다. 몇 달 동안이나 해피의 털이 직모로 자라주길 기다렸지만, 직모가 되기 전에 머리에 매일까치집을 짓고 사는 해피를 도저히 그냥 놓아둘 수가 없었다.

덥수룩한 털에 뒤덮여 눈도 못 뜨는 해피를 데리고 서둘러 미용실을 찾았다. 미용실에선 해피의 배냇털을 아주 시원하게, 빡빡이로 밀어주었다. 그리고 그 모습을 본 뒤에야 깨달았다. 내가 길을 오가며 만나왔던 수많은 흰둥이들이 다 털 짧은 몰티즈였다는 사실.

#01 몰티는 처음이라

처음 해피를 만났을 땐
보송보송 하얀 털뭉치였는데,

책에서 본 찰랑찰랑 직모 몰티즈가 되려면
시간이 좀 걸리는 줄로만 알았다.

아직 털이 짧아서
착 안 가라앉는 거지?

그런가 봐..?

?

그래서 미용을
최대한 미루고 기다림.

하지만 아무리 기다려도
해피 털은 자랄수록 덥수룩해지기만 할 뿐

..더 기다려도 그 스타일은
안 될 거 같지 않아?

으응...

그리고 관리 없이 이뤄지는 건
아무것도 없다는 걸 배움.

그냥 기르면
되는 게 아니구나...

혼났어...
관리할 자신 없으면
무조건 기르지 말라고...

#02 인기관리

내가 아무리 노력해도
해피의 1순위는 늘 엄마.

또 엄마 껌딱지네?

당연하지.

한번 자리 잡으면
아무리 매달려도 소용없는데,

후훗 소용없을걸.

누나한테도 와~

크르르르

하지만 인기도에 이상징후가 감지되면

곧장 관리에 들어가심.

#03 세 살 버릇

해피는 어릴 때부터

소파 사이에 몸 끼우길 좋아했다.

그리고

지금도 취향은 한결같다.

좀 삐져나올 뿐...

#04 표정 부자

아가 시절엔

표정으로 기분을 알기 쉽지 않았는데

산책갈까?   코 잘까?   목욕할까?
  모옹?   모옹   모오옹...

10년을 함께 지내고 나니

너무 확실해서 못 알아볼 수가 없다.

산책갈까?
빨리! 빨리!

코 잘까?
웅... 자러 가...

목욕할까?
크ㄹㄹㄹㄹㄹ

#05 사진은 너만 찍는 걸로

매일 해피 사진을 찍으며 콩깍지 갱신하는 나.

사진첩에 쌓여가는 해피 사진을 감상하다 보니

해피 곁에서 행복한 내 모습도
몇 장 남기고 싶었다.

하지만 결과물을 본 뒤론 같이 안 찍는다.

🐾 너만 예쁘면 돼 🐾

내 스마트폰 사진 지분율은 압도적으로 해피가 1위. 전체 사진의 98% 가량은 해피로 채워져 있을 거다. 그도 그럴 것이, 해피는 찍는 사진마다 다 예쁘다. 위에서 찍어도, 옆에서 찍어도, 대각선으로 찍어도, 어느 방향에서 찍어도 다 예쁘다. 멀리서 찍거나 가까이에서 찍거나, 카메라 렌즈를 똑바로 바라보거나 먼 산을 바라보거나 굴욕샷이라곤 찾을 수 없다. 사진만 찍으면 다 예쁜데, 많이 찍어주는 게 당연하지!

그러다 보니 나와 해피가 함께 나온 사진은 많지 않다. 내 눈으로 바라본 해피 모습만 잔뜩 있을 뿐. 그리고, 가끔 시도해봐도 역시 어렵다. 카메라만 보면 나도 모르게 표정이 굳어버리니까. 결국 해피와 야심차게 함께 찍은 사진 중에선 끝까지 살아남은 것이 거의 없다. 너무 아쉽지만 어찌할 방법이 없는 것 아닌가. 내 절반 크기 얼굴에, 눈과 코는 나보다 두 배 넘게 큰 애랑 꼭 붙어 앉아 사진을 찍었으니. 그래서 이젠 미련을 버렸다. 오늘도 나는 해피와 함께 있는 나 담기를 포기하고, 내 눈에 비친 해피의 예쁜 모습을 담아내는 데 열중한다.

#06 사랑은 움직이는 거랬지

우리 집 강아지는 무릎강아지

자?

잠깐 바닥에 내려놓으면

잠깐만,
물 한 잔만 가져오자.

곧장

해피, 물만 가져온다니까?

흥, 날 바닥에
내려놓다니.

다른 무릎으로 떠나버림.

1분도 안 걸렸는데
그걸 못참고 가나...

흥,
내 무릎 말고도
누울 무릎 많거든?

#07 인형 부자

우리 집 인형 부자께선

나름 엄격한 기준을 갖고
신중하게 함께 놀 친구를 선택하는데,

하나씩 하나씩 순서대로 데려와서 논 뒤에는

돼지 타임...
ㄷㄷㄷㄷㄷㄷㄷㄷㄷㄷ
ㄷㄷㄷㄷㄷㄷㄷㄷㄷㄷ

공 타임...
ㄷㄷㄷㄷㄷㄷㄷㄷㄷㄷ
ㄷㄷㄷㄷㄷㄷㄷㄷㄷㄷ

샴페인 타임...
ㄷㄷㄷㄷㄷㄷㄷㄷㄷㄷ
ㄷㄷㄷㄷㄷㄷㄷㄷㄷㄷ

어떤 친구랑 놀았는지
꼭 소문을 내고 싶은 듯...

정신없게 해피 인형
이렇게 놓어놓지 말라니까.

내가 한 거 아니야!

#08 으으, 그때 너무 귀여웠지

10년 전 처음 만난 해피는 너무 꼬꼬마라서

어느 날 입을 열어 소리를 내 보고는

오...왕!

자기 소리에 놀란 나머지 엉덩방아를 찧었는데

?!

이게 무슨 소리지?!

수다쟁이, 너 그 시절 기억은 나니?

니예니예,
내가 잘못했어...

캬르릉
오아오아웅
으르르르르
크르르르   크르르
아오아오르르

식탐 많은 강아지의
눈빛 공격에 넘어가지 말라기에

곧장 실천에 옮겨보았다.

하지만 해피가 쓰는 공격 기술은

난 몰라 모른다고
네 눈 안 볼거야

눈빛 공격만으로 끝이 아니었다.

얼 음

#10 짓궂어도 좋으니 아프지만 마

우리 해피는 하도 오냐오냐 키우는 바람에
자기주장이 매우 강하다.

어어 니가 왕이야...

꼬기 내놔!

왕!왕!왕! 아님 간식!

귓구멍에 대고 짖어서라도 날 깨우고야 말 정도.

누굴 닮아 이렇게
고집불통 개망나니야?

자, 간식! 간식!

이런 애가 평소답지 않게 점잖으면

오늘 먼가 이상한데?
멀 빼먹은 거지...

조용

나도 모르게 가슴이 철렁해
어디 아프진 않나 확인부터 해본다.

해피!
고기 어때?!

고기?!
어여 내놔!

고기 반응을 보니
아픈 건 아니네..
평소대로 해..

홱

슥

🐾 항상 건강하길 🐾

고양이 집사들이 참으로 부러워한다는 강아지의 특성. 사람을 반긴다. 이름을 부르면 가까이 온다. 심부름도 잘 한다.

하지만 우리 집 강아지는? 해당사항 없음.

첫째, 해피는 우리 가족 이외엔 사람만 보면 짖는다. 끝까지 짖어 쫓아내야 직성이 풀린다.

둘째, 해피는 이름을 부르면 안 온다. 고개를 들어 눈을 마주치긴 한다. 하지만, 눈만 마주친다. 내킬 때가 아니면 절대로 와주지 않는다.

셋째, 심부름은 내가 한다. 놀고 싶으니 인형 좀 가져와서 던지라거나. 물그릇 비었는데 빨리 채우러 오라거나. 간식을 내놓으라거나. 간식을 내놓으라거나. 간식을 내놓으라거나.

제발 와 달라고 애걸할 땐 안 오면서, 하고 싶은 건 확실하다. 잠 덜 깬 내게 빨리 일어나라며 귀에 입을 대고 왕왕 짖고, 피아노 좀 치려고 자세 잡으면 무릎 위에 냉큼 자리를 잡고, 어디 나가려고 하면 어딜 가느냐고 우다다 쫓아나와 오두방정을 떨고.

매일 투덜대며 해피 시중을 들고 있지만, 뭐 어때. 앞으로도 해피가 지금 그대로의 모습이면 좋겠다. 갑자기 얌전해지거나 말을 잘 듣거나, 착해질 필요 없다. 심부름 안 해도 된다. 그냥 언제나 마음껏 응석부리고, 당당하게 요구사항 밝히며 건방지게 살면 좋겠다. 우린 다 받아줄 수 있으니까. 그러니까, 그냥 아프지만 말아줘.

#11 살아갈 힘이 돼

아무도 안 볼 때 혼자 눈물짓기 시작했는데

고개를 들어보면 늘 곁에 와 있다.

어라,
언제 와쩌?

얼굴에 바짝 붙어 눈물만 부지런히 닦는다.

아무 이유도 묻지않고 눈물만 닦아주는
세상 제일 따뜻한 위로.

#12 너도 이제 자랐구나

해피는 원래 내 사정따위 봐주지 않고
단호하게 깨우던 앤데

얼마 전부터 가르친 적 없는

'더 자'를 행동에 옮기기 시작했다.

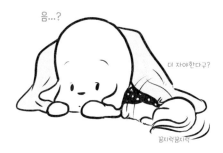

음...?

더 자야한다구?

꿈지럭꿈지럭

그리고 이렇게 말 잘 듣는 모습은 어쩐지
어릴 때와 너무 달라서 조금 서글프다.

쌔근쌔근
쌔근쌔근

#13 될성부른 승부욕

이갈이 한창이던 해피의 어린 시절
어느 날 발견한 새 장난감.

세 가지 많은 물
500ml 패트병

새 장난감에 꽂힌 해피는
은근과 끈기로 뚜껑 열기에 도전해

끝끝내 뚜껑 열기에 성공하곤 했다.

그 승부욕은 지금도 그대로라
손수건에 간식을 싸 매듭지은 묶음을 건네면

매듭 풀릴 때까진
매듭에만 집! 중!

#14 전같지 않을 때

어린 시절부터 해피의 매력 포인트는
까아만 눈, 코와 야무진 표정이었다.

초롱초롱 눈망울
까아아만 코
앙 다문 입술

하지만 포인트들이 늘 그대로인 건 아니라서

헛! 해피 콧등...
색이 벗겨진 거 같은데?!

왜 그래,
내 코 멀쩡해.

시간이 지날수록 달라지는 것들이 많아지는데

해피, 왜 입을 헤 벌리고 있어?
표정 엄청 바보 같은데...?

머엉...

어릴 때와 달라진 그 모습들이
지금 해피의 새로운 매력 포인트가 되었다.

오구오구 귀요미!
누가 그렇게 순진무구 표정 지으래?

응?

찰칵!

🐾 우리 조금씩 변해가지만 🐾

"강아지는 어차피 사람보다 수명이 짧잖아."

해피와 10년을 넘게 지내자, 주변에서 노견과의 삶을 살아갈 마음의 준비를 해야 한다고 말씀해주시는 분이 부쩍 늘었다.

어쩐지 마음이 싱숭생숭해져서, 까아만 해피 눈을 가만히 들여다보았다. 그러고 보니 조금 달라졌네. 볼 때마다 감탄할 만큼 까맣고 맑게 빛나던 눈동자가 살짝, 흐려졌다. 유달리 새카맣던 콧등에는 자그마한 반점이 생겼다. 뭐, 변하지 않는 모습도 있다. 지금 내 무릎 위에 또아리를 틀고 입을 헤벌린 채 잠든 해피를 바라보며, 기억을 가만히 되짚어본다. 네가 언제부터 이렇게 웃기게 잤더라?

우리가 함께 세월을 지내온 덕분인가, 서로의 변화를 문득 깨달아도 별로 낯설지 않다. 우리는 아마 매일매일 서로 변하는 모습에 조금씩 조금씩 적응을 해왔나보다. 어린 시절과 조금 달라진 지금의 해피 모습도, 웃긴 행동들도 여전히 내 눈엔 참 예쁘다.

노견과의 삶? 아직 생각하고 싶지 않다. 그냥 다짐을 해본다. 함께 하는 시간을 더 충실하게 채워나가자. 오늘과 달라질 내일 해피의 모습을 더 많이 눈에 담고, 그동안 발견하지 못했던 매력을 또 찾아나가도록. 노견과의 삶이 아니고, 그냥 해피와의 삶이다.

심심하면 먹을 것을 내놓아라 왕왕 짖어대는 떼쟁이.
무릎에서 내려놓으면 재빨리 다른 무릎으로
자리를 옮기는 무릎 강아지.
삐지면 삐진 티내고, 찔리면 찔리는 티도 있는 대로 다 내며
바닥에 발라당 드러눕는 허당 강아지.
달게 자느라 탱탱 부은 눈을 하고서,
가족이 귀가하는 소리가 들리면 힘 풀린 다리로도
우다다닥 달려나와 온몸으로 기쁨을 표현해주는
속없는 강아지.
심부름 못해도, '손' 하나 제대로 못해도 괜찮다.
아무것도 하지 않아도 괜찮아.
내 곁에 가만히 앉아만 있어도 내게 위로가 되는 존재,
그게 바로 너니까.